KB112714

오초심

인생 시

2023

오초심 인생 시 2023

발행일	2023년 3월 31일

지은이 오초심
펴낸이 손형국
펴낸곳 (주)북랩
편집인 선일영   편집 정두철, 배진용, 윤용민, 김부경, 김다빈
디자인 이현수, 김민하, 김영주, 안유경, 신혜림   제작 박기성, 황동현, 구성우, 배상진
마케팅 김회란, 박진관
출판등록 2004. 12. 1(제2012-000051호)
주소 서울특별시 금천구 가산디지털 1로 168, 우림라이온스밸리 B동 B113~114호, C동 B101호
홈페이지 www.book.co.kr
전화번호 (02)2026-5777   팩스 (02)2026-5747

ISBN 979-11-6836-806-4 03810 (종이책)   979-11-6836-807-1 05810 (전자책)

(주)북랩 성공출판의 파트너

북랩 홈페이지와 패밀리 사이트에서 다양한 출판 솔루션을 만나 보세요!

홈페이지 book.co.kr • **블로그** blog.naver.com/essaybook • **출판문의** book@book.co.kr

작가 연락처 문의 ▸ ask.book.co.kr

작가 연락처는 개인정보이므로 북랩에서 알려드릴 수 없습니다.

오초심 지음

오초심

인생 시 2023

누구나 오르막길과 내리막길을 번갈아 걷는다

북랩

제2부 넘어져 봐야 일어서는 법을 안다

제3부 힘든 날이 가야 좋은 날이 온다

제4부 행복 연습

작가의 말

2021년 9월 1일부로 경비반장으로 발령이 났다. 경비반장은 정문에서 근무해야 하고 근무 시간이 완전히 바뀌었다. 오후 4시~5시 사이에 저녁 식사를 해야 하고, 6시~12시까지가 수면 시간이며, 밤 12시~오전 5시 반까지 새벽 근무를 해야 했다.

반장 근무를 처음 시작한 날, 저녁 7시경에 잠자리에 들었는데 9시까지 잠을 이룰 수가 없었다. 남들은 저녁 식사하는 시간에 잠을 잔다는 것이 어려운 일인 데다가, 숙소 바로 위층이 1층 입주민 세대라 물소리를 비롯한 각종 생활 소음이 들려와 잠을 청하기 어려웠다.

결국 9시 반경에 겨우 잠을 청해 2시간 자고 일어나 12시에 정문에서 교대를 했는데 졸음이 가시지 않아 눈은 천근만근 무거웠다. 글을 쓰기는커녕, 졸음을 참으며 근무하기도 어려운 상태였다. 그러나 잠을 못 잔 것보다 새벽 근무를 하는 것보다 더 두려웠던 것은 '글쓰기를 중단해야 할지도 모른다'는 심각한 위기감이었다.

그러나 나는 여기에서 포기할 수는 없었다. 나는 지난 20년 동안 그래왔듯이 철저하게 현실에 적응하며 방법을 찾기로 했다. 우선 저녁에 잠자는 것은, 단계적으로 수면 시간을 늘려 해결하기로 했다. 한 달에 30분씩 수면 시간을 늘리기로 계획을 세워 적응한 결과 4개월 후에는 약 4시간 정도 잠을 잘 수 있었다.

새벽 근무 중 일부의 시간을 내어 글을 쓰기로 하였다. 단 근무 여건상 예전처럼 긴 분량의 수필을 쓰는 것은 불가능하므로 짧은 분량의 시를 쓰기로 하였다. 이렇게 탄생한 것이 '오초심 인생 시'였다.

현재 지구상에 살고 있는 모든 사람은 공통적으로 '인생'을 살고 있다. 그리고 그 많은 인생 중에 똑같은 인생은 없다. 그리고 개인마다 다를 수는 있겠지만 인생에는 좋은 날보다 힘든 날이 훨씬 많다.

인생이 힘들 때마다 친구가 함께해 주고 가족이 함께해 주면 좋겠지만 그것은 쉬운 일이 아니다. '긴 병에 효자 없다'고 한두 번이면 몰라도 기간이 길어지면 아무리 친한 친구라도 등을 돌리게 되는 것이 인지상정인 것이다. 나의 인생 시가 누군가의 인생이 어려울 때마다, 힘이 되고 위로가 되기를 기대해 본다. 살면서 어려울 때마다 힘이 되고 용기를 준 사랑하는 나의 가족들에게 진심으로 감사의 말씀을 전한다.

제1부

/

인생

비번일

24시간 맞교대 근무를 마치고
귀가해 가스레인지를 보니 국 냄비가 없다.
아뿔싸 어제가 월말이라, 아내가
미처 준비를 못 했나 보다.

어제 도시락 두 개를 국물도 없이 먹은 터라
국 없이 먹을 용기가 나질 않는다.
잠시 고민에 빠져 있을 즈음
거실 코발트색 바구니에 담겨 있는
라면 한 봉지가 나를 부른다.

그리던 임을 만난 반가움이 이러할까!
정중히 모셔다가 냄비에 물을 붓는다.
여름 한낮의 폭염을 잠시 빌려와 물을 끓이고
미장원을 갓 다녀온 듯한 여인의 머릿결 같은
면을 넣고 보글보글 끓인다.

접이식 소파를 접고 밥상을 차린다.

라면 한 젓가락에 단무지 반 개.

면에서 단맛이 난다.

장밋빛 국물을 숟가락에 한가득 담는다.

24시간 맞교대 근무의 피로가 국물에 풀어진다.

입안에서 피로가 녹는다. 아! 비번일이다!

어느 날 꿈이 내게 말했다

어느 날 꿈이 내게 찾아와 말했다.
"왜 요즘 나와 점점 멀어지느냐"고
나는 대답했다.
"꿈이시여, 내가 당신을 만나러 가기엔
현실이 너무 버겁습니다."

꿈이 나에게 다가와
나를 꼭 안아주며 말했다.
"거의 모든 사람이 꿈을 이루기
일보 직전에서 포기하지.
너는 그리하면 안 된다."

나는 울먹이며 말했다.
"꿈이시여, 그래도 현실은
너무 견디기 힘듭니다."
꿈이 내 눈에 고인 눈물을
닦아주며 말했다.

"알지. 이번이 마지막 고비니라.
견뎌내거라. 그리하면 네가 원하는
새로운 세계를 열어주마."

비몽사몽에 눈을 떴다.
방안에 습한 기운이 가득하다.
아마도 장맛비가 오려나 보다.

아파트 경비원

앉아만 있어도 숨이 턱턱 막히는 삼복더위
털털거리는 낡은 선풍기 앞에
한 사내가 앉아 있다.

남들 같은 노후 연금이 없어
선택한 고행의 길.
새벽 4시에 일어나 5시 반에 교대를 하고
오늘도 쇠사슬 같은 무전기를 허리에 찬다.

전생에 입주민들에게 무슨 죄를 지었기에
만나는 입주민마다 인사를 해야 하고
수거 차량 기사가 매몰차게 내던지고 간
악취 나는 음식물 쓰레기통을 닦는다.
수시로 귓전을 때리는 무전기 호출.
적지 않은 나이에 다리가 후들거린다.

1시간 걸리는 순찰을 마치고
독방으로 돌아오니
비지땀이 비 오듯 흐른다.

아내 얼굴이 떠오른다.
자식들 얼굴이 스치고 지나간다.
나이 탓에 찾아오는 염치없는 졸음이 수시로 찾아온다.
지나가던 입주민이 날카로운 눈초리로
이 불쌍한 사내를 쏘아본다.

3개월 계약직에 묶인 불쌍한 인생.
그나마 이마저도 그만두면 생계가 끊어진다고
본능적으로 눈꺼풀을 밀어 올린다.
털털거리는 선풍기도 폭염에 힘겨운 듯
더운 숨을 몰아쉰다.

살다 보면

살다 보면
때때로 힘들어질 때가 있다.
나름 열심히 살아왔다고 생각했는데
현실은 내 뜻대로 움직이지 않고
오늘도 부딪치는 일상은 버겁다.

따가운 일광日光이 내리 꽂히는
아스팔트를 보고 있으면
어디론가 떠나고 싶다.
그저 오늘은 배낭 하나 메고
마음이 가는 대로
발길 닿는 대로
떠나고 싶다.

정처 없이 걷다가

마음이 머무는 곳에

발길이 머무는 곳에

배낭을 풀고

막걸리 한 잔 마시고 싶다.

노을에 지는 해를 바라보면서.

현실이 살기 힘들다 느낄 땐

현실이 살기 힘들다 느낄 땐
훌쩍 과거로의 시간 여행을 떠난다.
거슬러 거슬러 가다 보면
어느덧 원하는 목적지에 이른다.

그때는 그 시절이 행복인지 몰랐었지만
지금은 눈시울이 뜨거울 만큼 그립다.
비록 가난했을망정 가족 간의 온정이 있었고
막걸리 술값이 부족해
학생증을 맡기고 시곗줄을 풀었을망정
두드리는 젓가락 장단에
청춘의 시름을 달랬던

그때는 왜 몰랐을까?
그것이 행복이었던 것을
그것이 귀한 시간이었다는 것을

출근 전야

금요일 퇴근길에는
5년 만기 적금 탄 것처럼 기분이 좋아
그리운 친구와 밤늦도록
부어라 마셔라 코가 비뚤어지게 마셨네.

토요일엔 전날 숙취를 못 이겨 12시까지 잤다네.
아내가 끓여놓은 해장라면에 쓰린 속을 달래고
커피 한 잔 마시고 나니 식곤증이 몰려와
다시 잠들어 5시까지 잤다네.

그날 저녁 마트에 다녀온 아내가 사 온
삼겹살에 소주 두 병을 비웠다네.
일주일 직장 설움과 말도 안 되는
개똥철학을 가족들 앞에서 횡설수설했다네.

이틀 내리 마신 술의 무게에 못 이겨

일어나 보니 일요일 12시.

화장실에 가서 몰골을 보니 눈이 퀭하다.

권투 시합에서 일방적으로 두들겨 맞은 도전자 같다.

과음한 것도 일이라고

아내가 정성스레 준비한 콩나물해장국에

밥 한 그릇 말아먹고 다시금 밀려오는

식곤증에 낮잠을 청하려는데

눈앞에 달력이 보인다.

오늘은 일요일, 내일은 월요일

빈 지갑처럼 마음 한켠이 공허하다.

황금 주말 끝자락에 남는 건

술 마신 기억과 잠잔 기억뿐.

내일 아침엔 6시 반에 일어나야 하는데

무서운 부장님 얼굴도 보이고

짜증 나는 팀장님 얼굴도 보인다.

갑자기 식곤증이 확 달아난다.

현금 한 푼도 남아 있지 않은

빈 지갑처럼 마음이 공허하다.

술 한 잔 마시러 가자

삶이 울적하고 답답할 땐
술 한 잔 마시러 가자.
앞뒤 재지 말고
술벗 생각하지 말고
혼자라도 마시러 가자.

인생은 내일을 모르고 사는 것
못 온다는 친구
구질구질하게 불러낼 생각하지 말고
동네 술집이라도 가서
당당하게 혼자 마시자.

좋아하는 안주 시켜놓고
먹고 싶은 만큼 잔에 부어서 마시자.
술벗이 없거든
과거의 쓰린 기억이라도 소환해 앉혀놓고
술 한 잔 권하자.

오늘은 나에게 좀 관대하여지자.

인색했던 나 자신에게

미안하다는 말도 좀 하자.

맛있고 비싼 안주도 좀 사주자.

내일 일은 내일 걱정하자.

마음이 답답할 때는

마음이 답답할 때는
밖으로 나가자.
나가서 마을버스라도 타고 떠나자.
비록 차창 밖으로 보이는 풍경이 초라할지라도
집에서 궁상떠는 것보다는 나을지니

마음이 답답할 때는
무작정 거닐어라도 보자.
걸어서 갈 데까지 가보자.
다리가 아프거든 놀이터 벤치라도 앉아서
나만의 시간을 가져보자.

마음이 답답할 때는
동네 술집이라도 가자.
가서 코로나로 손님 없는 불쌍한 사장과
소주잔이라도 기울이자.
고달픈 인생길 덕담이라도 나누고
쓰라린 인생 굴곡 비틀어 안주라도 하면서
주거니 받거니 취해라도 보자.

사장님의 눈물

가게 문을 열었는데 손님이 없다.
텅 빈 테이블
한숨도 이젠 버겁다.

코로나19로 다들 어렵다고 해도
남의 일로만 알았는데
퇴직금에 빚까지 얻어 차린 가게에
한여름에 부는 차가운 바람이 매섭다.

텅 빈 가게를 바라보기 무서워
주방에 들어가 죄 없는 소주병을 꺼낸다.
그래도 행여나 손님이 올까 홀을 기웃거리며
종이컵에 소주를 따라 원 샷으로 마신다.
눈물이 난다.

밤 9시.

오늘 하루 매출 7만 원.

한숨은 눈물이 되고 눈물은 통곡이 되어

하루해가 저문다.

아! 이번 달은 또 어떻게 막아야 하나!

아내

24시간 맞교대 근무를 마치고 집에 돌아와
안방에서 웅크리고 자는 아내를 본다.

남편 잘못 만나 떠밀려 나간
생활 전선에서 받은 생활고의 상처가
아내 몸 전체에 내려앉았다.

울고 싶다.
남의 집 귀한 딸 데려다가
평생 호강시켜도 부족할 텐데
20년 가까이 모진 생활 전선으로 내몰아
곱던 얼굴은 시들어지고
손과 발에는 삶의 더께가 수북이 내려앉았다.

여보! 미안하오. 정말 미안하오.

언젠가 당신 사랑에 보답할 날이 있겠지.

추한 남자의 눈물을 보이지 않으려고

거실로 향한다.

마음이 무겁다.

청춘 고백

새벽까지 친구와 마신
술의 무게에 못 이겨
12시가 다 되어서야
일광이 동공 안으로 들어오네.

화장실에 가서 거울에 비춰본 내 모습
일그러진 얼굴에 피눈물이 흐른다.
엄마, 아빠 시대에는 대학만 나오면
직장을 골라서 선택했다던데

못난 자식은 대학 졸업하고
3년째 백수 신세에
어제는 편의점 아르바이트도 잘렸다네.
기나긴 한숨도 이제는 지친다.

백수 전용 작은방에는

청춘이 썩는 냄새가 진동하고

슬리퍼 끌고 라면 사러 나가는 길에

다리가 후들거린다.

아! 이 형벌은 언제나 끝날는지.

가장家長

한 사내가 있다.

새벽 4시에 일어나
4시 반에 샌드위치로 허드렛 아침을 때우고
5시 반에 출근하여 아침 일과를 시작한다.

만나는 입주민마다 고개 숙여 인사하고
아침 먹은 것이 올라올 만큼
역한 냄새를 참으며 음식물 통을 닦는다.

자식뻘인 30대 남성에게
고함과 욕설을 들어야 하고
하루가 멀다 하고
관리소장과 동 대표들의 명령에 복종해야 하고
무심코 내뱉는 입주민들의 민원 전화에
신경을 곤두세운다.

밤 11시.

새벽 4시에 일어나 일한 고단함이

눈꺼풀 주위로 몰려든다.

창밖을 보니 칠흑 같은 어둠.

어깨 위로 가족 부양의 무게가 내려앉는다.

멀리서 영문 모르는 길고양이 한 마리가

이 불쌍한 가장의 모습을 쳐다보고 있다.

그래, 그러려니 하자

나름 열심히 살아왔다고 생각했는데
인생이 원하는 대로 풀리지 않을 때
그래, 그러려니 하자.

친구들은 다들 잘나가는데
나만 홀로 어두운 삶의 뒷골목을
헤매고 다닌다고 느껴질 때
그래, 그러려니 하자.

젊은 시절 꿈꾸었던 삶에서 너무 멀어져
현재의 나 자신이 한없이 초라하다고 느껴질 때
그래, 그러려니 하자.

자신이 늙었다고 생각해 본 적 없지만
우연히 거울 앞에 선 나의 모습에서
중년의 어스름이 느껴질 때
그래, 그러려니 하자.

삶의 고단함에서 벗어나
하루쯤 훌쩍 떠나 이름 모를 나그네가 되어
어느 낯선 거리를 거닐어보고 싶지만
그렇게 할 수 없을 때
그래, 그러려니 하자.

그래, 그러려니 하자.

꿈

젊을 때는 큰 꿈이 있었지.
세상을 향해 포효하기도 하고
세상에 맞서 거침없이 나아가려 했었지.

그러나 그것은 나이가 들면서 점점 작아져갔네
한때는 취업하여 승진을 꿈꿨고
어떤 때는 이직하여
보다 높은 연봉을 꿈꾸기도 했다네.

어느덧 세월이 흘러 이제는
잘리지 않고 오래 버티는 것이
색 바랜 초라한 꿈이 되었네.

젊은 날의 꿈은 온데간데없이 사라지고

이제는 생계 문제에 족쇄가 채워진

초라한 가장이 되어

출근한 곳이 있는데 이게 어디냐며

쓴웃음 짓는다네.

막걸리

사는 것이 고달프고
왠지 마음이 울적할 때는
딴생각하지 말고 슈퍼에 들러
막걸리 한 통을 사 오자.

근처에 분식집이 있거든
주인아줌마에게 잘 얘기해서
여러 부위 섞어 순대도 1인분 사오자.

비록 돈은 없지만
황금색 양푼 막걸릿잔에
유백색 막걸리를 한가득 따른다.
이 순간만은 왕후장상이 부럽지 않다.

막걸리 한 잔에

지난 20년 인생 설움이 묻어나고

다시 채우는 한 잔엔

나 자신이 불쌍해

눈시울이 뜨거워진다.

일배 일배 부일배

어느덧 막잔

오늘 연회의 끝자리

이렇게 되뇌어 본다.

인생이 막걸리로구나!

인생

내 나이 이순이 되어
지난 여정을 되돌아본다.

좋은 날들도 있었지만
힘들고 고통스러운 날들이 훨씬 많았네.

때론 목을 조여 오는 삶의 역경에
비명을 질렀으며

때론 사는 게 너무 힘들고 고통스러워
통곡도 했었다네.

어느덧 터진 살은 아물고
흐르던 피는 멈추었지.

뒤돌아보면 아득한 길

지난날을 회고하며

고개 끄덕이며 걸어가야 할 남은 인생길.

새벽 근무

초저녁에 잠자리에 들어
오지 않는 잠을 세 시간 청한 후
졸린 눈 비벼가며 정문 경비실로 향한다.

사방은 칠흑 같은 고요
맞은편 편의점 불빛만이 환하다.
누군가 새벽을 지켜야
누군가 편히 잠자리에 드는
가혹한 인생의 법칙

계절은 이제 완연한 가을
새벽엔 제법 찬 공기가 매섭다.
누군가의 편안한 밤을 위해
오늘도 이어지는 가혹한 새벽 근무

새벽 택배

캄캄한 새벽 공기를 가르고
택배 차량이 아파트 단지로 들어선다.

모두가 잠자리에서 곤한 잠을 쏟아내는 시간
업보와도 같은 택배 박스를 수레에 가득 싣고
아파트 출입문을 들어서는 사내들

전생에 무슨 업보를 타고났기에
몇 푼 안 나가는 짐짝 배송을 위해
잠도 못 자고 허둥댄단 말이냐!

모두가 곤히 잠든 새벽 시간
오늘도 누군가의 문 앞에 박스를 놓기 위해
잠을 쪼개가며 분주히 움직이는 그들이 있다.

생업

먹고 살기 위해 해야 하는 일이지만
참으로 고달프다

새벽 4시에 잠자리에서 일어나
샌드위치로 아침을 때우고
5시 반에 교대하여 6시간 근무 후
허기진 배를 움켜쥐고
11시 반에 점심 먹으러 간다

남들은 간식 먹는 오후 4시에
저녁 식사를 해야 하고
남들은 퇴근하여 저녁 식사하는
7시에 잠자리에 들어 오지 않는 잠을 청한다

남들이 잠자리에 드는 11시 반에
졸린 눈 비벼가며 일어나
환하게 불이 밝혀진 경비실로 향한다

그로부터 5시간 반이나 이어지는
고되고도 힘든 새벽 근무!

아! 먹고 사는 일
정말 힘들다!

분노

화가 나서 참을 수 없거든
일단 밖으로 나가라

분노와 밀폐된 공간은
불과 휘발유처럼 단짝이니
우선 이 둘을 떼어놓아야 한다

분노의 감정은 시간이 가면 누그러지나니
가급적 공기 맑고
경치 좋은 곳을 거닐어라

화를 다스릴 줄 알아야
지혜로운 사람이 된다
급한 마음 조금 내려놓고
삶의 여유를 가져라
이제야 비로소 다른 세상이 보일지니

제2부 /

넘어져 봐야
일어서는 법을 안다

없으면 없는 대로 살아야 하는데

없으면 없는 대로 살아야 하는데
언제부턴가 사람들은 그렇게 살지 않는다
5억짜리 집 사는데 3억을 대출받고
10억짜리 집 사는데 5억을 대출받고도
눈 하나 꿈쩍하지 않는다
오히려 집값이 올랐다고 좋아한다

돈이 없으면 생활 규모를 줄여야 하는데
언제부턴가 사람들은 그렇게 살지 않는다
대출을 받아 자동차를 사야 하고
카드빚으로 비싼 외식을 한다
멀쩡한 옷을 재활용 수거함에 버리고
신용카드로 비싼 옷을 구입한다

그대는 아는가!

오늘 우리가 누리는 풍요로운 삶은 기초는

구멍 난 양말을 기워 신고

5인 가족이 단칸방에 살았으며

쌀이 부족해 잡곡밥을 먹고

종이 한 장 낭비하지 않는

내핍 생활이었다는 것을!

여보, 당신

어느 날 문득 곤하게 자는 당신 모습에서
나는 보았네. 삶의 고단함을
남편 잘못 만나 지지리 고생하며
만져본 손과 발엔 눈물이 났다오.
여보 미안하오. 여보 사랑하오.
뒤돌아선 나의 눈가엔 이슬이 맺혔다오.

남편 하나 믿고 자식 의지하며 살아온 세월
견디기 힘든 애절한 슬픔에
한숨과 눈물로 지새운 날들
눈물은 주름이 되어 이마에 쌓였다오.
여보 미안하오. 여보 사랑하오.
뒤돌아선 나의 눈가엔 이슬이 맺혔다오.

이제 와 어이하리

인생길 뒤돌아보면 후회되는 일이
한두 가지가 아니다

지금 와 생각하면 그때 왜 그랬는지
한숨이 절로 난다

그러나 과일에도 잘난 것과 못난 것이 있고
자식 중에도 잘난 놈과 못난 놈이 있거늘
하물며 굴곡진 인생에 음과 양이 없으랴!

잘한 일도 내 인생이요
못한 일도 내 인생이다

이미 지나와 버린 날들
이제 와 어이하리!

옛것

때때로 옛것이 그리워진다
그만큼 현실이 버겁기 때문일까
과거에의 향수라 해도 어쩔 수 없다

지금보다 훨씬 가진 것 적었어도
인간적인 삶이 훈훈했던 때가 그립다

양말 꿰매신고 해진 옷소매
덧대어 입었을망정
불량식품 군것질에도
살진 웃음이 있었고

동네 친구와 딱지치기, 구슬치기
팽이 놀이로 시간 가는 줄 몰랐던

지금은 아득한 옛 추억이지만
삶의 무게감이 더 크게 느껴질수록
먼 옛날 옛것이 그립다.

인생에는 공짜가 없다

인생에는 공짜가 없다

많은 사람이 부와 명예를 누리며
안락한 삶을 살고 싶어 하지만
그런 삶을 누리려면
그만큼의 수고로움을 지불해야 한다

월급을 타려면 출근을 해야 하고
물건을 사려면 돈을 지불해야 한다
겨울을 나려면 월동 준비를 해야 하고
가을에 수확을 거두려면 봄에 씨앗을 뿌려야 한다
행복한 노년을 위해서는 노후 대책을 세워야 하고
좋은 부부 관계를 유지하려면 말 한마디라도
서로를 배려해야 한다

남에게 무엇을 받으려거든 내가 먼저 베풀어야 한다

인생에는 공짜가 없다

집수리 소음

어제저녁 2시간 반 잠자고
새벽 근무 후 집에 돌아와
아침 8시에 부족한 잠을 자려는데
위층에서 기계 소리가 들린다
참고 잠을 청해보려 하지만
기계 소리가 너무 커 잠을 이루기 어렵다

아마도 집수리를 부탁한 집주인은
다른 곳에 있을 테고
아마 그는 집값이 수억 원이나 올라
몇천만 원 집수리비는 껌값이라 생각하고
무자비하게 공사를 진행 시켰겠지만

반전세에 다달이 월세 15만 원 내기도 버거운
불쌍한 세입자는
집 없는 것도 서러운데
격무에 시달리고도
가진 자의 횡포에
부족한 잠도 보충하지 못하니 더 서럽다

기계음이 한 번씩 울릴 때마다
"난 집값 올라서 수억 원 벌었어. 억울하면 집 사"
라고 외쳐대는 것 같아
가슴이 답답하다.

치욕과 수모

살다 보면 치욕과 수모를 견뎌내야 할 때가 있다

별다른 이유도 없이 상사에게 꾸지람을 듣고 수모를 당한다
당장에라도 그놈의 면상에 사표를 내던지고
문을 박차고 나가고 싶지만
아내 얼굴이 떠오르고
분신처럼 사랑하는 아이들 얼굴이 아른거린다

분노는 스트레스가 되어
가슴 한켠에 켜켜이 쌓인다
코로나19의 창궐로 사람 만나기도 어려운 현실
퇴근하여 막소주부터 찾는다
쓰디쓴 한 잔 술이 목줄기를 타고 넘어간다

회사에서 다 못한 막말이 터져 나온다
욕하고 나면 후련할 줄 알았더니
가슴 한켠이 더 답답하다

다시 한 잔을 부어 단숨에 들이켠다
회사에서 있었던 일들이 파노라마처럼 지나간다
쓴웃음을 짓는다

월급과 출퇴근에 목매인 인생
힘들다고 해도 오늘따라
자영업하는 친구가 부럽다

그러나 어쩌랴!
무엇보다 처자식이 제일인 것을

내일 출근하면

그놈의 상판대기를 다시 봐야 하지만

비가 그치면 맑은 날도 오겠지

그래! 내일 일은 내일 걱정하자!

편의점

모두가 깊은 잠에 빠진 새벽 1시
한 사내가 가게 안을 서성인다

아파트 단지 안은 칠흑같이 캄캄한데
이곳만은 불야성으로 대낮같이 환하다

이따금 보이는 정신 나간 야행족들만이
24시간 점포 안을 드나든다

쉬지 못하고 하루 종일 불을 밝히고 있는
수십 개의 형광등도 피로감에 아우성을 친다

잠들지 못하는 현대 문명이 만들어 낸
기이한 가게
그 이름 편·의·점

혼술

사는 게 힘겹고
마음이 울적한 날
대문을 열고 밖으로 나간다

계절은 어느덧 화려한 성장으로
고운 태깔을 드러냈는데
마음은 우울한 잿빛 그늘
바로 그것이다

동네 마트에 들러 소주 한 병과
참치 캔 하나를 산다

집에 돌아와 잿빛 상을 펴고
잔에 가득 소주를 붓는다
열심히 살아왔다고 생각했는데
우울한 날 소주 한잔할 벗이 없다

일배 일배 부일배

목줄기를 타고 흐르는 눈물

문학적 외도

수필가가 시를 쓰니 마음이 편안하다

누구는 수필가가 왜 시를 쓰느냐고
반문할지 모르지만
시인도 수필을 쓰고
소설가도 수필을 쓰는데
수필가가 시를 쓰는 건
왜 이상하게 보는지 모를 일이다

시를 쓸 땐
수필을 쓸 때 맛보지 못한
묘한 희열을 느낀다
마치 어린아이가 어른 앞에서
응석을 부리듯
독자 앞에서
응석을 부릴 수 있어서 좋다

수필가가 쓴 시이니 말이다

부부

젊은 시절 백년가약을 맺어
검은 머리 파뿌리 되도록
서로 사랑하며 살겠다고 맹세했건만
모진 인생의 세파는
이들을 가만히 내버려 두지 않는다

때론 모진 말로 서로의 가슴에 생채기를 내고
때론 말도 안 되는 일로 몇 날 며칠을
말 한마디 안 하고 지내기도 하며
때론 자식 앞에 놓고
해서는 안 될 말을 하기도 한다

그러나 생각해 보라
그대에게 아내는 평생을 함께할
소중한 여자 친구요
그대에게 남편은 평생을 함께할
소중한 남자 친구임을

힘들고 고통스러울 때마다

부부는 인생 최고의 동반자요

모진 시련과 절망이

인생을 엄습할 때마다

부부는 서로를 부둥켜안고 꿋꿋이 나아가야 할

평생 친구라는 것을

그대들은 절대 잊지 말아야 하리.

블랙 크리스마스

크리스마스이브 날
오후 4시 반에 편의점 햄버거로 저녁을 때우고
7시 반에 잠자리에 들어
11시 40분에 일어나
졸린 눈 비벼가며 경비실로 향한다

밖은 영하 14도의 매서운 추위
이따금 밤새워 놀고 새벽에 귀가하는 차량이 보인다
누구는 밤새 크리스마스이브를 즐긴다는데
누구는 주린 배 움켜쥐고 경비실을 지킨다

영락없는 블랙 크리스마스다.

모든 일에는 때가 있다

모든 일에는 때가 있다

파란만장 인생길을 걷다 보면
조급해질 때가 있다
기다려야 할 줄 알면서도
기다리지 못하는
어리석음을 범할 때가 있다

그러나
겨울이 가야 봄이 오고
여름이 가야 가을이 오는 법
밥솥에 밥 한 끼를 지으려 해도
기다림이 필요하거늘
하물며 인생의 바람이
그리 쉽게 이루어지랴!

모든 일에는 때가 있다.

제설 작업

처음엔 바람에 한두 송이 흩날리더니
이내 5분도 안 되어 함박눈이 펑펑 내린다
안경엔 김이 서려
앞이 잘 안 보이는데
세찬 눈은 인정사정 볼 것 없이
휘갈겨 내린다

대원들에게 무전 보내랴
정문 앞 비탈길에 부직포 설치하랴
정신이 없는데
철없는 30대 아빠는 천진난만한 아이들 데리고
눈썰매를 끌고 나왔다
누구는 눈 치우느라
팔이 아프고 정신이 없는데
누구는 환호성을 지르며 눈썰매를 탄다

제설 작업 갑을 관계다

하늘이 원망스럽다.

파고다 공원

인생이 무엇인지 알고 싶다면
파고다 공원에 가보라

공원에 들어가지 말고
공원 주변을 둘러보라
그곳엔 '노인'과 '늙음'이 있으니
지금은 보기 힘든 포장마차에
실비 안주의 허름한 술집
노인 고객을 상대로 한 값싼 이발소

돈이 없어 포장마차에도 가지 못하는 빈노貧老는
모 떨어진 개다리소반에 막걸리를 펼쳤고
지도기 대국장을 연상하듯 수십 개의 탁자엔
노인 전용 장기판이 차려졌다
이름하여 '심심풀이 장기판'

인생이 무엇인지 알고 싶다면

파고다 공원에 가보라.

효도

한 번에 몰아치기로 효도하려 하지 마라

한 달이 지나도록 부모에게 전화 한 통 하지 않고
일 년에 명절이나 생신 때 외에는
찾아오는 법이 없고
편리한 계좌 이체로 용돈 보내드리면
자식 노릇 다했다고 생각하고
아프지 않다는 부모 말씀 곧이곧대로 듣는
어리석은 자식들이여!
그대는 아는가!

정작 부모는

자식으로부터 걸려 오는 전화 한 통을 그리워하고

용돈 건네지 않아도 자식 얼굴 보고 싶고

비록 비싼 음식 아니어도

자식과 함께하는 식사가 그리우며

자식 손잡고 병원에 가보길 소망했다는 것을

그대는 아는가!

이 세상에서 가장 어리석은 자식은

부모 생전엔 전화 한 통에 인색하고

부모가 자식 보고 싶을 때 찾아오지 않으며

함께 식사할 날이 얼마 안 남았는데도

처자식만 챙기고

부모 몸이 병들어 가는데도 외면하며

돌아가신 뒤에 상다리 휘어지게 제사상 차리고

가슴을 치며 후회하는 사람이라는 것을!

나에게 건네는 위로

때로 그런 생각이 든다

남의 고통엔 그토록 관심이 많고
타인의 슬픔엔 그토록 민감했던 내가
정작 나 자신의 고통엔
왜 그리도 무관심하고 냉정했는지

내가 가장 사랑하는 사람은
바로 나 자신이어야 하는데
정작 나 자신에게도 버림받은 나!
불쌍하고 가련하다

이제부턴 나 자신도 좀 사랑하자

힘들면 등도 토닥여 주고

진정으로 위로의 말도 좀 건네자

남은 남일 뿐

이 세상에서 나 자신을

가장 사랑할 수 있는 사람은

나 자신뿐이니 말이다.

넘어져 봐야 일어서는 법을 안다

넘어져 봐야 일어서는 법을 안다

수많은 사람이
인생에서 넘어지지 않으려 하지만
곳곳이 자갈밭인 인생이란 전쟁터에서
어찌 넘어지지 않을 수 있으랴!

많은 사람이
넘어진 자들을 비웃고 외면하지만
누구에게나 돌부리는 예외 없이 나타나고
넘어질 수 있는 것

넘어질 때의 고통은 분명히 있지만
넘어져 봐야 일어서는 법을 아는 것
여러 번 넘어져 본 사람은
그만큼 빨리 일어서는 법도 아느니

넘어져 봐야 일어서는 법을 안다

막걸리 한 잔

오늘 같은 불금엔 막걸리가 땡긴다

코로나가 막아버린 외식 술
그러나 오늘 같은 날에
한 잔 아니하고 어떠리!
동네 슈퍼에 들어
1200짜리 막걸리 한 통을 사고
아파트 금요장에서
순대와 빈대떡을 사 들고
달뜬 마음에 집으로 온다

모 떨어진 개다리소반에
김이 물씬 나는 순대 한 접시를 올리고
빈대떡 한 접시도 뭉텅뭉텅 썰어놓고
찌그러진 양은 막걸릿잔에
탁배기 한 사발을 따른다

막걸리 한 잔에 인생의 시름이 녹고
순대 한 젓가락에 상사의 꾸지람이 녹고
빈대떡 한 조각에 인생무상이 녹는다

세상이 별거냐?
막걸리 한 통이면 족한 것을.

너무 많이 가지려고 하지 마라

너무 많이 가지려고 하지 마라

누구나 남보다 많은 재물을 가지려고 하고
누구나 남보다 많은 명예를 누리고 싶어 하지만
늙고 병들어 저세상 갈 날이 다가오면
다 부질없는 것

우리는 이 세상을 떠날 때
십 원 한 장 가져가지 못한다
죽으면 화장장에서 불태워져
한 줌의 재로 돌아갈 육신
살아 있을 때 조금이라도
남들에게 베풀며 살아라

너무 많이 가지려고 하지 마라.

제3부
/
힘든 날이
가야 좋은 날이 온다

삶이 나에게 묻거든

살기가 힘드냐고 삶이 나에게 묻거든
힘들다고 말하라
힘든데 힘들지 않다고 말하는 것만큼
어리석은 일도 없는 것
솔직히 말하고 맺힌 것을 풀어라

슬프고 외롭지 않으냐고 삶이 나에게 묻거든
슬프고 외롭다고 말하라
어차피 인생은
즐거움보다는 괴로움이 많고
든든할 때보다 외로울 때가 많은 법
솔직히 말하고 스스로를 위로하라

왜 사는지 모르겠느냐고 삶이 나에게 묻거든

그렇다고 말하라

인생은 죽을 때까지 알 수 없는 것

그 힘든 물음에 답하려 하지 말고

깨어 있는 동안

시간 낭비하지 말고 살아라

그것이 그나마 먼 훗날

때늦은 후회를 덜 하게 될지니

삶이 비록 힘들지라도

삶이 비록 힘들지라도
절망하거나 포기하지 말라

우리네 삶은
좋은 날보다는 힘든 날이 많은 법
일 년 사계절도
봄, 가을보다는
여름, 겨울이 길지 않던가!

한숨이 나오고 탄식이 흘러도
어차피 삶은 부둥켜안고 가야 하는 것
힘들수록 가족과 타인의 고통을
먼저 생각하라.

삶이 비록 힘들지라도
결코 절망하거나 포기하지 말라!

힘든 날이 가야 좋은 날이 온다

힘든 날이 가야 좋은 날이 온다

누구나 힘든 삶을 싫어하고
쉽고 편한 삶을 추구하지만
인생에 공짜가 어디 있으랴!

겨울이 가야 봄이 오고
여름이 가야 가을이 오고
새벽이 가야 아침이 오는 법

힘든 날이 길면 좋은 날이 길고
힘든 날이 짧으면 좋은 날이 짧다는 것은
엄연한 인생의 이치인 것을

힘든 날이 가야 좋은 날이 온다

세입자의 서러움

2년에 한 번씩 찾아오는
전세 계약 일자는
왜 이리도 성급히 오는지
벌써부터 가슴이 쿵쾅거린다

집 주인과 세입자가 갑을 관계인 건
이미 오래된 일
집 주인은 이미 강남에
똘똘한 한 채를 갖고 있다는데
가진 자가 더 무섭다고
3월에 원하는 조건에
재계약을 해줄지
이 추운 겨울에 마음이 심란하다

이 좁은 집에서 10년을 살았는데
그런 정리로
전셋값 안 올리고
2년 더 살게 해주면 좋으련만
강남 부자에게
그게 어디 쉬운 일일까!

이래저래 집 없는 설움만 커진다
에라, 슈퍼에 가서 막걸리나 한 통 사다가
서러움이나 달래 볼까.

오늘 하루의 무게

새벽 4시에 일어나
삼각김밥으로 아침을 때우고
5시 20분에 일터로 향한다

5시 40분에 교대 후
15시간 이어지는 고된 경비실 근무
수시로 자동문을 열어줘야 하고
방문지를 물어도 차창조차 내리지 않는
저질 인간들을 상대로 차단봉을 올린다

식은 밥, 식은 반찬, 국도 없는 도시락으로
점심을 때우고
남들은 저녁 먹는 7시 반에 잠을 청한다
남들이 잠자리에 드는 11시 반에
잠자리에서 일어나
졸린 눈 비벼가며 경비실로 향한다

아직 남아 있는 것은

자정에서 새벽 5시 반까지 이어지는

혹독한 새벽 근무

밖은 칠흑 같은 새벽

아직 끝나지 않은 근무

근무일 오늘 하루의 무게는

얼마나 될까!

추억이 아름다운 이유는

추억이 아름다운 이유는
어린 시절의 내가 있기 때문이다
아빠의 넓은 등과
엄마의 포근한 손길 아래
마음껏 뛰어놀 수 있었던
소년의 내 모습이 아름다웠기 때문이다

추억이 아름다운 이유는
학창 시절의 꿈이 있었기 때문이다
무엇이든 할 수 있을 것 같았던
젊음과 패기
세상을 향해 힘껏 달려 나갔던
내 모습이 아름다웠기 때문이다

추억이 아름다운 이유는

도전이 있었기 때문이다

젊음을 무기로 무사안일에 저항하며

꿈을 향해 나아갔던

내 모습이 아름다웠기 때문이다.

부모 마음

부모를 생각하는 자식들 마음엔
차별이 있지만
자식을 생각하는 부모의 마음엔
차별이 없다

잘난 자식은 잘난 대로 걱정이 있고
못난 자식은 못난 대로 부모 걱정이 있다

자식들은 봉투에 담긴 지폐 숫자로
효도의 무게를 가늠하지만
부모는 때때로 따뜻한 마음이 담긴
전화 한 통이 그립고
비싼 음식이 아니어도
자식과 함께하는
훈훈한 식사가 그립다

몸이 아파도

자식 걱정할까 아프지 않다고 하지만

어리석은 자식은

부모 얼굴 본 지가 6개월이나

지난 줄은 모르고

아프면 병원에 가보라고 한다

그래도 부모는 전화상으로는

섭섭한 기색을 않는다

다 부모 마음이다.

생업 2

잠이 덜 깬 눈으로
새벽 4시에 일어나
차가운 세면대로 향한다
어제 사 두었던 편의점 삼각김밥으로
아침을 때우고
새벽 5시 20분에 집을 나선다

하루 종일 같은 자리에 앉아
삼백 번 이상 차단기를 올려줘야 하고
오백 번 이상 자동문으로 열어줘야 하는
고되고도 고된 일과

남들은 간식 먹는 4시에
편의점 샌드위치로 저녁 식사를 하고
남들이 퇴근하는 저녁 6시에
잠자리에 들어야 한다
남들이 잠자리에 드는
11시 반에 일어나
다시 새벽 근무하러 근무지로 향한다

밤 12시에 자리에 앉아
캄캄한 창밖을 바라본다
칠흑 같은 어둠 속에 박혀 있는
별빛 같은 몇 조각의 글자들

생업, 먹고 살기 위해 하는 일!

인생에는 공짜가 없다 2

인생에는 공짜가 없다

누군가가 거둔 큰 성공의
비결을 얻기 위해
수백 명이 강연장을 찾지만
정작 그의 성공 뒤엔
피눈물 나는 20년의 세월이
있었다는 것에 대해선
아무도 관심을 두지 않는다

어리석은 중생들은
연금이 나오는 안정된 직장을 다니며
복권 당첨으로 일확천금을 꿈꾸지만
그것은 애초에 불가능한 것

큰 성공 뒤엔

보통 사람들은 상상조차 할 수 없는

큰 고통이 숨어 있는 것

작은 성공 뒤엔

숨겨진 고통도 미미한 것

인생에는 공짜가 없다!

인생은 다 그런 것이다

친구들은 좋은 직장 취업해
인정받아가며 사회생활 하는데
나는 왜 3년째 백수냐고
한탄하지 마라
인생은 다 그런 것이다

고등학교 다닐 때 나보다 못했던 애가
남편 잘 만나 풍족하게 사는데
나는 왜 10년째
맞벌이 부부로 일해도
하루가 멀다 하고 부부 싸움하며
허구한 날 지지리 궁상인지
불평하지 마라
인생은 다 그런 것이다

30년간 직장 생활하며

처자식 부양했는데

은퇴하고 집에서 노니까

삼식이라고 구박하고 타박하는 아내

서럽다고 생각하지 마라

인생은 다 그런 것이다

그런 것이다.

커피 한 잔의 행복

이른 아침에 출근해
주전자에 물을 끓인다
계절은 아직 매운 겨울
안경에 김이 서리고
코끝이 알싸하다

물 끓는 소리가 어렴풋이 들린다
브람스의 자장가 같다
주전자 뚜껑이 몇 차례 들썩이더니
이내 숨을 멈추며
가쁜 숨을 토해 낸다

믹스커피 한 개를 개봉하여

백지 컵에 갓 끓인 커피 물을 붓는다

어느새 초콜릿이 피어난다

겨울의 서릿발이 눈부신 창가에 선다

아직 어둠이 채 가시지 않은 겨울 여명과

따끈한 커피의 절묘한 조화

이내 입가에 미소가 번진다.

행복하려면 욕심을 줄여라

행복하려면 욕심을 줄여라

인간의 불행은 대부분
과도한 욕심에서 비롯되는 것

남보다 많은 돈을 벌어야 하고
남보다 높은 지위에 올라야 하고
남보다 넓은 집에 살아야 하고
내 자식은 남의 자식보다
더 성공해야 하고
심지어 노후에 받는 연금도
남보다는 더 받아야 한다고 생각한다

인간의 욕심은 끝이 없다
그리고 그 끝없는 욕심의 종착역은
바로 불행이다
욕심을 줄여 행복을 찾고
남는 욕심으로 남을 도우라

행복하려면 욕심을 줄여라

과욕

대부분의 불행은
과욕으로부터 온다

너무 많이 먹으면
배탈이 나고
너무 많은 부와 명예를 가지려다
불행의 나락으로 떨어진다

과욕과 행복은 친구가 될 수 없나니
행복을 원하거든 욕심을 줄여라

욕심을 줄여서 마음의 평안을 얻고
욕심을 줄여서 남을 도우라
그리하면 행복이라는 벗이
조용히 그대 곁으로 찾아올 것이니.

생각하기 나름이다

사는 게 재미없다고
말들 하지만
세상에 재미있어서 사는 사람이
얼마나 되겠는가!

인생은 재미있는 날보다
재미없는 날이 많고
힘들지 않은 날보다
힘든 날이 많은 법

아침에 일어나 출근할 곳 있으면
행복하다 생각하고
비싼 음식은 아니어도
하루 세끼 밥 먹을 수 있으면
행복이라 생각하라

다 생각하기 나름이다.

깨어 있는 시간을 낭비하지 마라

깨어 있는 시간을 낭비하지 마라

아침에 눈을 뜨면
잠자리에 들기까지
많은 시간이 남아 있는 듯 보여도
시간은 단 1초도
머물지 않고 흘러간다

잠자는 시간을 뺀
16시간은 많아 보여도
출퇴근 시간, 식사 시간 빼면
남는 시간은 12시간 남짓.
그 시간마저도 온전한 내 시간이라고
장담할 수 있으랴!

어리석은 인간들은

잠자는 시간, 식사 시간도 아깝다고

수면 시간을 줄이고 식사를 거르지만

그렇게 살다 간 안타깝게도

남들보다 10년, 아니 20년 먼저

저세상으로 갈 수도 있는 것을!

어차피 인생은 유한하고

시간은 단 1초도 머물지 않는 것

그나마 이 세상 떠날 때

후회와 한숨을 줄이려면

깨어 있는 시간을 낭비하지 마라!

남자의 눈물

나도 모르게
어느 때부터인가
눈물이 늘었다

나이 탓인가!
인생의 세파에 쓰러지지 않으려고
한 일자로 입술 굳게 다물고
지난 20년을 버텨 왔는데
인생 다큐 한 토막에
닫혀 있던 눈물샘이 터진다

남자는 울어서는 안 된다는 말은
그 얼마나 가혹한 것인가!
남자도 사람이고 인간인 것을

여자들이여 그대들은 아는가!

여자의 눈물은 남자의 동정을 사지만

남자들은 찌질한 눈물 보이지 않으려고

여자들이 안 보는 데서 손수건 적신다는 것을.

막잔

점심 먹고 집을 나서
아내 손잡고
대공원에서 봄꽃 구경
흐드러지게 하고
귀갓길에 소주 한 잔 마시러
횟집에 들른다

아내와 마주 앉아
싱싱한 생선회를 앞에 놓고
소주 한 병의 마개를 힘차게 따고
투명한 소주잔에 한가득 채워
원 샷으로 마시고
생선회 한 점을 입으로 가져간다
이 순간만은 왕후장상이 부럽지 않다

내일이 월요일이라는 것도 잊은 채
일배 일배 부일배 마시다 보니
아쉽게도 어느덧 막잔이 다가온다

첫 잔을 보았을 때의 기쁨은
온데간데없이 사라지고
이제는 막잔 한 모금을
입에 털어 넣고 일어설 시간
이제야 비로소
내일이 출근이라는 신호가 잡힌다

귀갓길을 재촉하는
발길이 무겁다.

바닥까지 내려가면
올라갈 일만 남아 있다

인생을 살다 보면
내리막길이 길어질 때가 있다

생각지도 못한 불행을 만나
인생길에서 넘어진 이후
조급한 마음에
성급하게 오르막길을 찾지만
내리막길은 무던히도 길게 이어진다

마치 불빛 하나 없는 컴컴한 터널을
끝도 한도 없이 걷는 심정!
절망은 포기로 바뀌고
포기는 때로 극단적인 생각을 부른다

그러나 겨울이 가면 봄이 오고

여름이 가면 가을이 오는 법

이 세상에 끝없는 불행이 어디 있으랴!

바닥까지 내려갈 땐

수많은 좌절과 포기, 절망이 뒤따르고

친구들은 잘나가는데

나만 끝없이 추락하는 것 같지만

인생은 절대 그렇지 않다.

바닥까지 내려가면 올라갈 일만 남아 있다!

역지사지

누군가가 나를 힘들게 할 땐
한 번쯤 상대방과
입장을 바꾸어 생각해 보라

내 입장만 고수하면
풀리지 않는 문제가
한두 번 입장을 바꾸어 생각하면
풀리는 경우가 있나니

사람은 누구나
자신의 허물은 보기 힘들어도
상대방의 잘못은 쉽게 보나니
상대방은 나를 비추는
거울이라 생각하라

누군가가 나를 힘들게 할 땐

한 번쯤

상대방의 입장에서 생각해 보라!

일상의 행복

코로나19로
허구한 날 마스크를 쓰면서
비로소 알게 되었네
마스크 안 쓰고 살았던 때가
행복이었다는 것을

확진자 폭증으로
음식점 방문이 어려워지면서
비로소 알게 되었네
술 생각나면
부담 없이 술집을 찾던 때가
행복이었다는 것을

어리석은 인간들은 모른다네
잃기 전에
그것의 소중함을 아는 이가
가장 지혜로운 사람이라는 것을.

제4부

/

행복
연습

폐지 줍는 노인

한밤중 편의점 옆에
색 바랜 리어카 한 대가 닿는다

어둡고 무표정한 노인의 손길에
먼지 묻은 종이박스
두세 장이 쥐어져 있다

당장 병원이라도 가봐야 할 듯한
병색의 얼굴에
쥐색 담배 연기가 피어오른다

자식 부양 받으며
호강하고 살아도
살날이 많지 않은 나이

오늘도 한 끼 식사를 위하여

힘겹게 박스를 줍는

노인의 굵은 손마디가 슬프다.

후회

지난 인생 뒤돌아보면
후회되는 일이 한두 가지가 아니다

학창 시절 왜 더 열심히 공부를 안 했는지
귀한 젊은 시절 왜 헛되이 시간을 낭비했는지
왜 초심을 잃고 무리한 욕심을 냈는지

그러나 이제는 다 지난 일이다
지나간 인생은 되돌릴 수 없는 것
너무 자학하지 말고
때로는 스스로 위로도 하라

그럴 수 있다고 인생의 넋두리를
늘어놓기도 하자
짧지 않은 인생에 흠 하나 없다면
그것을 어찌 사람의 인생이라 하리!

오늘 하루도 열심히

성실하게 살면 그만인 것을.

꿈 2

사는 게 아무리 힘들지라도
꿈을 접지는 말라

꿈은 나그네에겐 이정표이고
캄캄한 뱃길엔 등대와 같은 것

삶이 아무리 곤궁해도
꿈이 있는 자에겐 희망이 있지만

비록 현재 먹고살 만할지라도
꿈이 없는 자에게 미래는 없는 것

사는 게 아무리 힘들지라도
절대 꿈을 접지는 말라.

막걸리 한 병

막걸리 한 병에 인생이 다 있다

첫 잔을 마실 때는
세상을 다 얻은 듯이
기쁨이 있었지만

일배 일배 부일배
늙음이 찾아오고
병이 찾아오는 줄을 몰랐네

어느덧 막잔
인생의 황혼이 목전에 있구나
막걸리 한 병에
인생이 있구나
오호통재라!

내리막이 있어야 오르막도 있다

인생을 살다 보면
내리막길도 있고 오르막길도 있다

무한정 올라갈 것만 같았던
오르막길의 끝에 내리막이 있고
끝도 한도 없이 굴러떨어질 것만 같던
내리막길의 끝에 오르막이 있다

어리석은 인간들은
평지를 걸으며 오르막길을 찾지만
평지만 걷는 사람에게
오르막길은 없다

내리막길에서는

견딜 수 없는 절망과 좌절을 겪지만

오르막길의 기쁨은

내리막길의 고통을 이겨낸 자만이 누리는 것

그것이 인생이다.

부러진 손톱

우연히 부러진 손톱을
손톱깎이로 잘라냈다
벌건 손톱 밑살이 흉물스럽다

평소 무심코 지나쳤던
손톱이란 존재가
오늘따라 새삼 귀하다

대일밴드로 손가락을 감싸도
딱딱한 곳에 손가락이 닿을 때마다
순간적으로 매우 아프다

순망치한이라

평소 별것 아니라

지나쳤던 것들이

결코 그렇지 않다는

엄중한 삶의 진리를

새삼 깨닫는다.

손을 펴야 쥘 수 있다

손을 펴야 쥘 수 있다

어리석은 인간들은
양손 가득 움켜쥐고
또 다른 것을 손에 쥐려 하지만
발바닥으로 움켜쥘 수는 없는 법

더 크게 얻으려 하면
통 크게 가진 것을
내려놓아야 하는 법

손을 펴야 쥘 수 있다.

좋은 날

칠흑 같은 새벽의 어둠이 물러가야
눈부신 아침이 오듯이

살을 에는 혹한이 물러가야
따뜻한 봄바람이 오듯이

폭염과 잠 못 이루는
열대야가 물러가야
선선한 가을바람이 오듯이

견딜 수 없을 만큼
힘든 날이 지나가야
좋은 날이 온다.

음식물 쓰레기

아파트에 설치된
음식물 쓰레기통은
비뚤어진 인간 욕망의 창고다

먹을 양만큼 식재료를 구입해
알뜰히 한 끼 식사를 차리면
버려지는 음식물 쓰레기가
얼마 안 되건마는

배 터질 만큼 음식을 차리고
차린 음식의 절반을 버리고
탐욕으로 마트 물건을 샀다가
유통 기한이 지나 통째로 버린다

우리나라가 언제부터
이만큼 잘살게 되었다고
선진국이라는 것이 부끄럽다

게다가 음식물 쓰레기를

비닐봉지째 버리는

저질 인간들도 있다

이런 사람들과 같은 아파트에 산다는

사실이 창피스럽다.

잘 나갈 때 조심하라

인생의 오르막길에 들어서면
훈풍이 불어온다
막혔던 것이 뚫리고
얼었던 것이 녹는다

20년 동안 연락이 없었던
친구로부터 전화가 걸려 온다
주위에 사람이 모이고
할 일이 없어 거리를 배회하던
시간이 사라지고
하루 24시간이 부족할 정도로 바빠진다

인생의 바닥에 있었을 때는
극단적인 생각도 했었고
하루하루가 통곡과 절망이었는데
죽음의 시간을 통과하자
장밋빛 무지개 길이 열린다

옛 생각과 초심을 잃고

흥청망청하기 시작한다

지인들을 무시하고 호기를 부린다

어려웠을 때는 단돈 천 원도 아꼈었는데

수십만 원을 물 쓰듯 쓴다

그러다 정상에 선다

그러나 명심하라!

인생의 정상에 서면

이제 내리막길이다

오르막길에서 겸손하게

내리막길을 준비하지 않으면

통곡과 절망의 시간은

생각보다 빨리 다가온다

잘 나갈 때 조심하라!

초저녁 수면

새벽 근무를 위해
7시 반에 잠자리에 누웠지만
쉽게 잠이 오지 않는다

입주민 세대인 1층에서는
연신 물소리가 들리고
갖가지 생활 소음이 이어진다
이 생활이 8개월이 지났지만
아직도 적응이 어렵다

따지고 보면 위층을 탓할 일은 아니다
7시 반에 잠을 청하는 사람이 문제지
그 시간은 저녁 식사하거나
밥 먹고 쉬는 시간이기 때문이다

좌우로 뒤척이며
잠을 자 보려고 용을 써보지만
위층 물소리에 애꿎은 서운함만
스멀스멀 올라온다

역시 먹고 사는 일이란
만만치 않은 것인가 보다.

혼술 2

세상살이의 울분이 쌓이면
동네 분식점에 가서
순대 한 접시 포장하고

동네 슈퍼에 들러
번데기 한 캔에
막걸리 한 통 사 오자

인터넷에서 산
싸구려 상 펴고
왕후장상 술안주 펼치자

여기는 나 홀로 주막
먹고 싶은 만큼 채워서
먹고 싶은 만큼 마시자

직장 상사 욕도 해보고
신세 한탄도 해보자
불쌍한 나 자신에게
술도 한 잔 권하자

주거니 받거니
이래도 한세상
저래도 한세상
피곤에 목축인 오늘이 가면
다시 새날이 오리니

혼자라고 슬퍼 말라
어차피 인생은
공수래공수거인 것을

가장家長 2

오늘도 새벽 4시에 일어나
편의점 삼각김밥으로
아침을 때우고 출근길에 나선다

삶의 전쟁터에선
언제 총탄이 날아올 줄 모르고
참호 속에서 밤을 지새우기도 하지만
오늘도 지탱해야 할
'생계'라는 군장의 무게가 만만치 않다

생활 전선에서 버티고 있는
아내에게 미안하고
아이들을 생각하니
입술은 한 일자로 굳게 다물어진다

오늘도 삶의 최전선에서

외롭게 하루를 버티어 내는

그 이름

'가장家長'

빗소리 주막

오늘같이 비 오는 날엔
빗소리 주막에 가자

양철 지붕에 비 듣는 소리 들리고
주모의 파전 굽는 소리를
지척에서 들을 수 있는 그곳에 가자

옛 뽕짝이 주막에 울려 퍼질 때쯤
김이 모락모락 나는 파전이 나오고
찌그러진 양철 막걸릿잔이
한 순배쯤 돌 때면
옛 추억에 젓가락 장단을
두드릴 수 있는 그곳

주흥이 누그러질 땐
흥을 돋우는
주모의 권주가가 일품인 그곳

오늘같이 비 오는 날엔

빗소리 주막에 가자.

새벽 근무 2

저녁 7시에 잠자리에 들어
오지 않는 잠을
이리저리 뒤척이다
3시간 반 겨우 눈 붙이고
졸린 눈 비벼가며
정문 근무하러 나간다

지금은 새벽 1시 반
장맛비는 추적추적 내리는데
이따금
공동현관문 열어 달라는
인터폰 벨이 울릴 분
칠흑 같은 어둠에 사방은 고요하다

내가 정문에서 불침번을 서니

주민들이 편안히 잠을 잘 수 있고

새벽에 귀가하는 올빼미족에게

공동현관문을 열어 줄 수 있지만

새벽 3시경

참기 힘든 졸음이 밀려올 때면

새삼 이 일이 힘들다는 것을 느낀다

그래도 5시 40분이면

근무 교대 후

집에 돌아가 쉴 수 있다는

생각을 하며

오늘도 새벽을 지킨다.

시련과 역경

인생을 살다 보면
시련과 역경은 누구에게나 온다

잘 나갈 때는
세상이 우습게 보이고
다른 사람들을 비웃기도 하지만
그것만큼 어리석은 것도 없다

계속 맑을 것 같지만
인생의 먹구름은 한순간에 밀려오고
천둥과 함께
폭우가 퍼붓는 것이 인생이다

어리석은 사람은
시련과 역경이 오면
한숨을 내쉬고 짜증을 내지만

지혜로운 사람은

시련과 역경 뒤에 올

좋은 날을 생각하고

인내하며 은인자중한다

그대는 아는가!

시련과 역경은

누구에게나 오지만

힘든 날이 지난 후에

누구는 더 크게 성공하지만

누구는 더 바닥으로 추락하는 이유를

없으면 없는 대로 살아야 하는데 2

없으면 없는 대로 살아야 하는데
언제부턴가 사람들은
그렇게 살지 않는다

옛날에 신혼부부는
월세 단칸방에서 살림을 시작해
한 푼 두 푼 모아
10년 만에 전셋집 얻고 기뻐했는데

21세기 신혼부부는
전세로 시작해 5년 만에 집을 산다
5억짜리 집을 사면서
은행에서 3억을 대출받고도
눈도 끔쩍 안 한다

옛날에는 졸업식 때나 먹을 수 있었던
짜장면을 이젠 간식으로 먹는다
일주일이 멀다 하고
7~8만 원이 드는 고기 외식을
신용카드로 서슴없이 한다

옛날에는 양말에 구멍이 나면 기워 신고
옷 한 벌 사면 동생 두세 명이
물려받아 입었는데
이젠 구멍 나지도 않은 멀쩡한 양말을
쓰레기통에 버리고
멀쩡한 옷을 유행 지났다고
헌 옷 수거함에 버린다
그리고 한 벌에 수십만 원 하는
비싼 옷을 신용카드 할부로 산다

한 달에 맞벌이로

600만 원을 버는 부부가

한 달에 700만 원을 쓴다

그리고서 월급이 적다고 아우성이다

없으면 없는 대로 살아야 하는데

언제부턴가 사람들은

그렇게 살지 않는다.

행복 연습

행복하려면
행복 연습을 하라

행복은 가족으로부터 생일 선물 받듯이
오지 않는다
오래된 친구로부터 전화 걸려 오듯이
오지도 않는다

행복하려면
자신의 내면에서 행복의 조건을 찾고
하루 세끼 밥 먹듯이
직장 출퇴근하듯이
꾸준히 행복하려고 노력하라

행복하려면
행복 연습을 하라.

우물 안 개구리

우물 안 개구리는
세상이 우물 안이라고 생각한다

그저 우물 안이 편하다고 생각하고
사방으로 둥그렇게 싸 발린
벽을 벗어나려 하지 않는다

우물 밖에서 개구리 한 마리가
우물 안을 바라보며
"야. 이 바보야! 밖으로 나와
밖에는 엄청난 세상이 있어!"
하며 외쳐 보지만

이미 우물 안 생활에 길든
불쌍한 개구리는 고개를 가로젓는다

그렇게 불쌍한 개구리는

평생을 우물 안에서 살다가 죽었다.

통곡

살기가 힘들다고 느낄 때마다
인생의 고비에서 통곡했던 기억이 난다

아슬아슬하게 버텨오던 생계가 끊어져
생계 부도가 확정되던 날
더운 여름에 차장을 닫고
50대 가장은 차 안에서 통곡을 했다

너무도 서러워 흘린 눈물은
야속하게도 손가락 사이로 줄줄 흘렀고
애꿎은 손수건만 흠뻑 적셨다

가족을 살리기 위해서
50대 가장은 노부모를 찾아가
80대 아버지 앞에서
살려달라고 통곡을 했다

80대 아버지는

'아버지가 있으니 아무 걱정마라'하셨다

너무도 죄송하고

나 자신이 너무도 미워서

50대 아들은

80대 아버지 앞에서

엉엉 목 놓아 울었다